314724002609   P9-CJZ-823

WITHDRAWN

Maya

Maya Papaya:

es la última vez que te lo digo

© del texto, Ángeles González-Sinde, 2014
© de las ilustraciones, Laura Klamburg, 2014

© de la edición, EDEBÉ, 2014
Paseo de San Juan Bosco, 62
08017 Barcelona
www.edebe.com

Atención al cliente 902 44 44 41
contacta@edebe.net

Dirección editorial: Reina Duarte
Diseño de la colección: Laura Klamburg

1.ª edición, septiembre 2014

ISBN 978-84-683-1224-8
Depósito Legal: B. 11145-2014
Impreso en España
Printed in Spain

Maya Papaya: es la última vez que te lo digo

ÁNGELES GONZÁLEZ-SINDE

Con ilustraciones de
Laura Klamburg

edebé

A Maya Papaya no le gusta guardar cada
cosa en su lugar. Todos los días, cuando llega
la hora de recoger, siente una pereza gigantesca,
porque la realidad es que Maya Papaya no sabe
cómo hacerlo. No sabe ordenar. Su mamá
en cambio lo hace tan bien y tan rápido,
que la habitación queda primorosa.

—Maya Papaya, te lo digo una vez y no te lo vuelvo
a decir más: pon las cosas en su sitio.

Maya Papaya no solo no obedece, sino que se agarra
una de sus rabietas. Los gritos son aterradores:

—No, no, no y no. Recoge tú. No pienso recoger.
No pienso ordenar. No quiero y no quierooooooooo.

—Es la última vez que te lo digo, Maya Papaya...

—contesta su madre.

Y no lo dice en broma, se calla y sale del cuarto.

Maya Papaya se despierta a la mañana siguiente
en un dormitorio tan revuelto como lo ha dejado la
noche anterior. Y vuelve del colegio a un cuarto tan
desordenado como lo ha dejado por la mañana.
Maya Papaya no ha recogido. Y su mamá tampoco.

Por la noche Maya se acuesta entre juguetes y disfraces
y cuentos y lápices y muñecas y construcciones y
osos y perros y conejos de trapo y figuras de goma
y cacharritos desparramados por el suelo.
Y por la mesa. Y por los cajones. Y por los estantes.
Y al día siguiente se levanta con las mismas muñecas
de cara asustada mirándola entre los zapatos y la
ropa sucia. Pero su mamá no la regaña.

Cuando Maya dice:

—No pienso tomarme la leche.

Su mamá solo contesta:

—Vale —y guarda la taza.

Cuando Maya dice:

—No quiero ponerme ese vestido, quiero pantalones cortos.

Su madre simplemente cierra el armario y responde:

—Como quieras.

Maya Papaya se sale todas las veces con la suya.

Como siempre ha soñado.

Si no quiere comer verduras
ni pescado y prefiere chocolate,
su mamá le entrega la tableta.
Si no le apetece apagar la luz del
pasillo, se queda encendida todo
el día y toda la noche. Si no le da la
gana peinarse o abrigarse o bañarse,
puede dejar de lado el peine,
el jersey o la toalla. Su madre
ya no dice nada. Nada de nada.

Es estupendo.
—¡Me encanta! —piensa
Maya Papaya.

Un día Maya decide que tampoco quiere ir al cole.

—Bueno, como te apetezca —contesta su mamá.

Apaga el despertador y la deja entre las sábanas.

Maya pasa la mañana jugando y probándose todos los vestidos del armario. Los de invierno y los de verano.

Ya nadie dice eso de «cuidado que te vas a constipar».

Ni eso otro de «cuidado que te puedes manchar».

El deseo de Maya se ha cumplido: solo hace lo que le viene en gana.

Pero… algo falla.

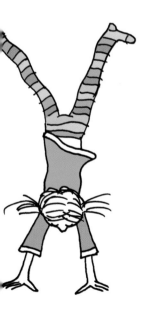

Sin bañarse, ni peinarse, ni ir al colegio,
ni comer verdura o pescado, Maya Papaya
empieza a sentirse rara. ¿Qué le pasa?
¿Es un cosquilleo en los pies? No.
¿Es un zumbido en los oídos? No, tampoco.
¿Es dolor de barriga? Ni mucho menos.

Maya Papaya siente que con las regañinas
de su mamá se ha ido… Maya Papaya no
encuentra la palabra justa…
Ha desaparecido… ¡su madre entera!

Ya da lo mismo que Maya Papaya se porte
bien o mal, su madre ya no grita eso de
«Es la última vez que te lo digo»,
porque presta más atención al periódico
o a sus libros o a la tele o a las charlas con
su papá que a Maya Papaya.

Y Maya Papaya, igual que antes deseó que su
mamá ni regañara ni mandara, ahora desea
que su mamá, la de siempre, vuelva.

Su mamá desayuna en la cocina. Maya Papaya
la oye desde la cama. Cuando se termine el café,
mamá se marchará al trabajo. No preguntará a Maya
Papaya si quiere ir al colegio y Maya se quedará en
su desordenada habitación una mañana más.

Maya oye el tictac del reloj en su mesilla.
Pronto serán las ocho y media.

Maya Papaya salta de la cama. Quiere ponerse
las zapatillas, pero ¿dónde están? Enterradas bajo las
vías del trenecito. O detrás de la cocinita. ¿Y la bata?
¿Y la ropa del cole? ¿Y la cartera? Buscándolos perdería
un tiempo precioso. Maya corre descalza por el pasillo.

—¿Mamá…, mamaíta…?
Maya Papaya llama, pero nadie contesta.
Su madre se marchó ya. Este pensamiento llena a
Maya de tristeza. ¡¡Esa es la sensación rara!! ¡¡Tristeza!!

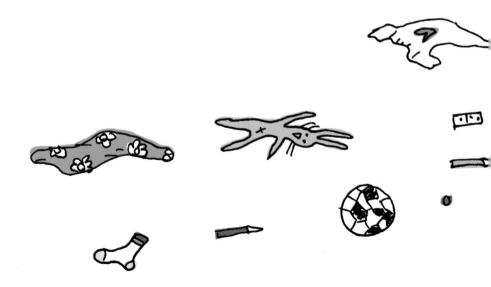

Maya Papaya trepa como puede a su cama, ya casi no tiene espacio. ¡Qué lío de habitación! Las muñecas, con las melenas despeinadas. Los juegos de mesa, sin fichas. Los coches, sin ruedas. Los cubiletes de la oca, sin dados. Ni el dominó ha sobrevivido. ¿Y los cacharritos? Es imposible jugar a las cocinitas.

A las dos y cuarto suenan las llaves en la cerradura.

Maya Papaya echa un último vistazo en el espejo.

Sí, ha hecho un buen trabajo. El pelo, brillante.

Las coletas, derechas. El vestido, sin manchas.

Los calcetines, emparejados. La rebeca, abrochada.

—Hola —dice Maya.

—Hola —contesta su mamá.

—¿Qué tal la oficina?

—Muy bien, mucho trabajo. ¿Y tú? Estás muy guapa.

—Mamá, quiero enseñarte una cosa.

Maya Papaya la toma de la mano. Qué calentita está.

Su mamá siempre tiene las manos calentitas.

Tira de ella hasta su cuarto.

Y esto es lo que le enseña.